AF299588

NÉCESSITÉ

DE LA TOLÉRANCE

EN MATIÈRE D'OPINIONS,

ET

DU VÉRITABLE AMOUR

DE LA PATRIE.

Ne vous haïssez pas parce que vous pensez différemment les uns des autres.

THALÈS.

Par J. - B. MESNARD.

A PARIS,

CHEZ CHARLES, RUE DAUPHINE, N° 36.

1815.

DÉDICACE

A M. BARBEAUX DE PÉRIGNAC,
Département de la Charente-Inférieure,
ET à M. BRISSET de Dreux, Département
d'Eure-et-Loire.

Vos talens seuls vous eussent assuré l'hommage de mes premiers essais politiques. Mais l'amitié l'a réclamé la première, et la vôtre a tant de droits sur mon cœur que :

> Antè leves ergo pascentur in æthere cervi,
> Aut freta destituent nudos in littore pisces ;
> Antè pererratis amborum finibus, exsul
> Aut partim ararus bibet, aut germania tigrim,
> Quàm nostro illius labatur pectore vultus.
>
> VIRG.

MESNARD, Bachelier ès-lettres.

AVERTISSEMENT.

DANS les grands événemens politiques, chacun, n'écoutant que son amour pour sa patrie, en discute les intérêts et donne toujours son opinion comme la meilleure et la seule à suivre. Alors, les systèmes de république ou de monarchie deviennent le sujet continuel de toutes les disputes et de toutes les conversations. Pour moi, je suis loin d'avoir voulu émettre un système. La lecture de mes courtes réflexions suffira pour en convaincre.

Je n'ai jamais conçu l'idée d'une république, parce que je considère une république comme l'état le plus parfait d'une nation; et cet état, en France, est aussi chimérique à mes yeux, que l'idée d'un homme parfait. Je n'offre point non plus le plan d'une monarchie; je me borne à inviter à la *tolérance*, en matière d'opinions politiques, au *véritable amour de la patrie*, et aux sacrifices qu'on doit faire pour elle.

Si je n'ai pas été assez heureux pour remplir mon objet à la satisfaction de mes lecteurs, j'en accuserai mon insuffisance, et je me tiendrai dans la foule de ceux que la nature a bornés dans le témoignage de leur zèle envers leurs compatriotes et leurs princes, et aux vœux qu'ils font pour leur prospérité, ainsi que pour celle de leur patrie.

NÉCESSITÉ

De la Tolérance en matière d'opinions et du véritable amour de la Patrie.

Je-me suis souvent fait cette question, et je n'ai jamais pu penser qu'elle pût faire la matière d'un doute : s'il est un Français qui n'écouterait point son amour pour sa patrie. Je n'ai jamais pu supposer qu'il pût être insensible à ce sentiment, le plus généreux de tous, qui a produit les plus grands hommes, et qui a fait naître les héros antiques, dont l'histoire étonne tous les jours notre imagination, et accuserait notre faiblesse. Ce grand ressort des nations n'est point tel que des hommes dont il n'avait jamais abordé le cœur, des hommes, la honte de leurs contemporains, ont voulu nous le montrer en le décomposant. Ils osaient nous le peindre comme un mélange d'orgueil, d'intérêt, de prospérité, d'espérance, de souvenir de nos actions ou de sacrifices que nous ferions pour nos concitoyens, et comme un certain enthousiasme factice qui nous dépouille de nous-mêmes, pour transporter notre existence toute entière dans le corps de l'État. Presque toujours enfin, on lui a donné l'opinion pour mobile, et sans examen l'on a jugé en dernier ressort.

L'opinion, en effet, comme l'a judicieusement observé J.-J. Rousseau, *est le malheur des hommes ;* et cependant l'on ne s'en méfie point : l'on se laisse, au contraire, aveuglément conduire par elle ; l'on ne s'aperçoit point qu'elle devient notre tyran, qu'elle ne peut souffrir en nous d'autre gouvernement qu'un gouvernement autocrate.

Pourquoi donc ne prenons-nous pas tant de préceptes de sagesse que nous avons et que nous admirons, pour la règle de notre conduite? que ne suit-on au moins cette *tolérance* que la religion et la philosophie nous recommandent, nous prescrivent partout ? Sans elle n'augmenterons-nous pas le nombre de nos ennemis d'autant d'hommes qui se trouveront ne pas partager notre opinion? S'ils sont en effet dans l'erreur, ne nous séparons pas d'eux par les reproches ; (1) parlons-leur par les bienfaits et par l'oubli de leurs torts, à ces hommes qui semblent séparés de nous par une *opinion différente*, et qu'ils ne manqueront pas de poursuivre jusqu'au bout si nous les irritons. (2)

Devons-nous supposer que la nôtre soit la seule raisonnable, parce qu'elle aura pour elle d'avoir été celle de nos ancêtres? L'autorité de l'usage n'est pas toujours celle de la raison, et des abus ne sont pas saints pour être antiques. Ce que la prudence exige, c'est de ne rien adopter qu'avec la maturité de l'examen, et jamais avec la fougue de l'enthousiasme. Il faut juger; mais auparavant encore faut-il se dépouiller de cet esprit de prévention qui ne nous fait voir d'avantageux, que ce qui protège ou assure la durée et la prééminence de ce qui nous plaît, et se mettre en cet état de saine critique hors duquel on ne juge jamais bien. Sans cela, on contrariera le bien de la justice; la morale même en recevra une atteinte; si l'on se laisse entraîner par la prévention, on contrariera encore les bienséances, et personne n'ignore qu'elles ne soient la sauve-garde de la morale publique.

Combien de maux n'entraîne-t-il pas après soi, cet *amour - propre mal entendu!* Sous le prétexte que nous sommes au-dessus des autres, nous nous écartons du chemin de la justice et de la règle du devoir. On se méfierait davantage de son *amour-propre*, si l'on s'apercevait que c'est lui qui, protégeant notre opinion, flatte sans pudeur nos penchans même les plus méprisables, cette curiosité maligne qui se nourrit de diffamations, et cette basse jalousie qui se plaît à rabaisser tout ce qui s'élève.

Nous n'avons malheureusement sous les yeux que trop d'exemples des succès qu'obtiennent ces bouches et ces plumes à chronique scandaleuse, en mêlant l'hypocrisie souvent à des expressions infamantes, et des invectives atroces au mépris des lois et des convenances sociales dont elles affichent hautement la violation; elles entassent des monceaux d'ordures pour en faire un rempart au mensonge. Imposteurs aussi hardis dans le bien qu'ils disent ou voudraient faire penser d'eux-mêmes, que dans le mal qu'ils disent de leurs adversaires. Les libélistes ont trouvé des approbateurs ; mais qu'ils devraient avoir les yeux ouverts sur leurs éloges, et qu'ils deviendraient bientôt malheureux s'ils étaient capables d'en reconnaître le principe. S'ils étaient à même d'entendre ce que dit le bon sens, ils se convaincraient que ceux-là même qui vont écouter des injures contre leurs antagonistes, qui assistent à un pareil spectacle de scandale, n'y voient qu'un objet de flétrissure dans ceux qui le donnent, et n'y vont qu'en raison de leur mépris pour ceux qui parlent; ils n'y vont que parce qu'ils entendent d'une bouche étrangère ce que n'oserait proférer la leur, et qu'ainsi ils satisfont d'autant plus leur morgue d'opinion, que leur journaliste remplit mieux la mauvaise opinion qu'ils ont de lui; et que, semblable à ces malheureux saltimbanques de nos foires, qui ne sont jamais mieux applaudis que lorsqu'ils exposent davantage leur vie, le calomniateur public, une fois connu pour tel, n'est jamais mieux accueilli que lorsqu'il se prostitue davantage et renonce plus solennellement à tout respect pour lui-même et pour les autres.

Avec quelle sévérité (3) les législateurs ne devraient-ils pas prononcer contre des gens qui se permettent une telle conduite, dans un gouvernement où nul homme n'a le droit d'être le dénonciateur d'un autre, où le ministère public est seul chargé du rôle d'accusateur, et où l'honneur, comme la vie, repose sous la protection des lois.

Les hommes peuvent-ils ainsi de sang-froid se diviser, comme dit Buffon : ils oublient donc qu'ils ne sont *forts que par leur réunion*, qu'ils

ne sont heureux que par une parfaite intelli-
gence et par la paix ; auraient-ils la fureur de
s'armer les uns contre les autres pour leur malheur et de combattre pour leur ruine? peuvent-
ils renoncer aux sentimens d'humanité, tourner
toutes leurs forces contre eux-mêmes, chercher
à s'entre-détruire et se détruire en effet. Hélas !
après des jours de sang et de carnage, lorsque
leur rage sera affaiblie, leur prévention dé-
truite, ils verront d'un œil triste, et le cœur
rongé par le repentir et par les rémords, la
terre dévastée, les arts ensevelis, leur nation
affaiblie, leur propre bonheur ruiné et leur
puissance anéantie. Que répondront-ils alors à
la patrie qui les appellera à rendre compte
de leurs actions. Qu'as-tu fait, dira-t-elle à
chacun, du temps et de la vie? la loi t'interroge,
la patrie t'écoute, la vérité va te juger.

Revenons aux dénonciateurs et à tous les
perturbateurs de la tranquillité publique et de
l'ordre établi par les lois et la religion.

Tout individu, en acceptant le pacte social,
a juré tacitement de ne jamais l'enfreindre. Il
est donc devenu parjure, puisqu'il en intervertit
l'ordre en calomniant certains individus, et dans
ce cas les Egiptiens l'eussent puni de mort (*),

____

(*) Diod. de Sicil. *L. I. p.* 87.

ils l'eussent regardé, avec juste raison, comme attaquant les hommes et les dieux ; les dieux, dont il méprise la majesté, et les hommes, en détruisant le lien le plus ferme de la société : La sincérité et la bonne foi.

· Les magistrats doivent veiller à la répression de ces vices trop dangereux, parce qu'ils feront ressortir davantage par-là les vertus sociales, qui, sans ces mesures, finiront par n'être plus susceptibles d'être récompensées par l'estime générale, et il sera à craindre que peu de gens se portent à les pratiquer. (4) Combien de maux viendront alors affliger cette société, puisqu'on pourra s'abandonner impunément aux vices ; et l'honneur, ce sentiment si vif et si délicat, qui est l'ouvrage de cette même société, que l'intérêt général et particulier ont formé de concert ; l'avantage et l'utilité qu'on a reconnu dans certains sentimens et dans certaines actions et qui ont engagé naturellement à regarder ces sentimens et ces actions comme l'attribut le plus précieux de l'humanité, ne trouveront plus que des yeux et des cœurs indifférens.

Les intolérans, en matière d'*opinions*, créent donc un nouveau devoir pour les magistrats. Celui de réprimer par des exemples sévères leurs déclamations et leurs emportemens, qui flattent les passions de leurs consorts, mais aux dépens de la décence publique qu'ils offensent, et de la tranquillité des citoyens qu'ils alarment.

Le bien de la patrie exige, et surtout lorsqu'elle est si dangereusement menacée, qu'on fasse tout pour prévenir sa ruine. On doit donc ne voir qu'elle, et c'est grandement la servir que de détruire ces haines résultantes d'une *opinion différente*, et que nous sentons combien elles sont dangereuses, puisqu'elles lui mettent à dos des hommes dont elle a besoin qui pourraient la servir aussi bien que nous. Qu'on leur donne, à ces hommes, la garantie et l'exemple (5) de cette si belle vertu : la *tolérance* toujours la *tolérance*. Alors on verra s'établir en quelque sorte avec la rapidité de l'éclair, et s'élever de bonne foi une nouvelle tribune, où ces mêmes hommes, d'abord séparés et vivant parmi les autres comme avec des ennemis, viendront se communiquer, adopter une autre opinion, moins vivement, il est vrai, parce qu'elle les flattera moins, mais plus durable, parce qu'elle sera celle de tous, et monter à cette tribune pour y juger avec les autres, les rois qui voudraient les opprimer. Le souverain ensuite achèvera le reste. Ne répandant pas du haut de son trône l'ombre même d'un empire tyrannique, il obtiendra sur la raison une puissance, que l'amour qu'il aura su inspirer par la sagesse de son gouvernement, viendra consolider, et le temps trouvera une fois un monument qu'il ne pourra détruire.

Tous les hommes se disent amis de la patrie, et chacun, dans l'opinion qu'il adopte, croit ne pas sortir de ce caractère qu'il ambitionne et qu'il serait fâché qu'on ne lui accordât pas. Mais comme j'ose croire que peu de personnes savent bien apprécier un tel titre et un caractère aussi important, je pense qu'il ne sera pas de trop de le définir.

Le véritable patriote ne connaît point d'opinions. La sienne est commune à tous les citoyens; par elle il ne voit que les hommes; le plus haut rang comme le plus petit, ne sont faits selon lui que pour le bien, à chacun est imposé le devoir d'y concourir. D'aller sans cesse à ce grand but, sans se mettre d'aucun parti, ni participer à aucune cabale; il a toujours les yeux ouverts pour saisir au passage et au premier aspect l'avantage de sa patrie; et sa main n'est armée que pour punir le perturbateur de l'ordre. Comme la loi, il punit parce qu'il est juste et non pas parce qu'il est irrité. Sa vie est irréprochable ; il est intègre comme la loi , toujours maître de lui-même, sans caprices, sans humeur, sans passions, il n'en a qu'une. Il n'a jamais de prévention, parce qu'il ne peut être influencé. Il n'y a point chez lui d'acceptation de personnes ; la conscience est l'image d'un ciel sans nuages.

Un tel homme ne doit-il pas irriter notre *amour-propre*. Eh le voilà le véritable *amour-propre* qu'il faudrait avoir. Ah ! tâchons tous de lui ressembler. Le but de la société n'est-il pas de rendre chaque homme qui la compose responsable du bien public ? tout homme doit y contribuer pour sa portion et autant qu'il le peut : remplissons-nous de cette idée, que la nature nous a unis par un lien commun, et que l'on doit regarder comme un monstre, celui à qui les autres hommes peuvent être indifférens. Le bien est un devoir universel ; il ne faut ou l'on ne doit s'arrêter qu'à lui ; si pour y parvenir on ne fait pas tout ce qu'on peut, on manque à la société.

La société a pour règle à suivre l'ordre et l'honneur. Avec ce dernier pour mobile, on surmonte toutes ses passions , la douleur , la crainte, et dans certaines circonstances même, il nous fait chercher la mort , puisqu'elle devient un devoir. Les dignités et l'or perdent leur prix auprès de lui. Il nous apprend que dans les choses humaines, la honte est le plus grand de tous les maux, et que tout citoyen qui ne le recherche pas, ou qui le méprise, est indigne de la société qui, d'ailleurs, ne tarde pas à s'en faire justice. L'estime générale est là, et les arrêts de son inflexible tribunal sont irrévocables et certains.

Nous ne nous appartenons pas au reste, elle nous a acceptés, admis à participer à ses avantages; nous nous devons tout à elle et à la patrie : elle et la patrie, voilà quel doit être le point central de toutes nos affections et de tous nos devoirs, et le lien qui ne doit faire qu'une force de toutes les forces particulières.

Ce grand devoir d'ailleurs, d'aimer sa patrie, se trouve partout. Puisse-t-il devenir le sentiment de tous les cœurs. Toutes les religions, les fausses comme les vraies, s'accordent en ce point qu'elles commandent l'amour de la patrie.

Les héros du peuple de Dieu, dont l'écriture sainte fait l'éloge, n'étaient que de généreux citoyens.

Mais hélas ! aujourd'hui cet amour est presque effacé de tous les cœurs. On le préconise beaucoup, mais qu'on joint peu l'exemple au

précepte! que dans la bouche de ceux qui le
prêchent, il produit peu d'effet; c'est pourtant
une vertu bien louable, et d'autant plus louable
qu'elle amène à la suite le bonheur, la tranquillité et le respect des nations voisines. Si
notre gloire offusque par fois nos voisins, c'est
parce que souvent nous ne l'acquérons qu'aux
dépens de leur humiliation. Que l'on se per-
suade donc que ces mêmes voisins chérissent
comme nous la tranquillité, et ne cherchons
jamais à la troubler. Mais non, l'intérêt per-
sonnel est seul la divinité du temps; l'homme
ne voit que lui, il est lui seul à ses yeux toute
la patrie.

Oh! que les hommes sont peu conséquens
dans cet amour de leur intérêt! par lui ils croyent
arriver au bonheur; voyons s'ils l'atteindront
réellement sans l'amour de la patrie; considé-
rons ses affections.

Cette patrie, le sol où il a vu le jour pour la
première fois, par une force que rien ne peut
vaincre, conserve toujours des droits sur son
cœur; au milieu du fracas, du faste et de l'il-
lusion d'une grande ville, il se retrace toujours
avec plaisir et attendrissement même, l'image
du hameau qui l'a vu naître.

S'il souffre maintenant, par suite de son indifférence pour cette patrie, qu'on vienne y troubler ses jouissances et ses souvenirs; les regrets de s'être oublié dans les véritables affections qu'il devait avoir, tarderont-ils à arriver?

Mais la patrie n'est pas seulement le sol que l'on habite : on ne doit la considérer en ce sens que sous le rapport physique; mais sa plus grande importance gît dans son sens moral qui nous la présente comme une société d'hommes unis par de communes lois. Or, toute société suppose une obligation et des intérêts. Nos ancêtres ont vu qu'il leur était utile de s'unir; pour rendre cette association solide, ils se sont imposés des conditions qui toutes se rapportent à celle-ci : que le bien général prévaudra sur le bien particulier. Ce bien général n'est-il pas l'amour de la patrie? C'est un contrat qu'ils ont passé entre eux, pour eux et pour leur postérité qui devait en recueillir les fruits; c'est un serment qu'ils nous ont transmis, qui est à notre égard, pour ainsi dire, originel, et que nous avons ratifié nous-mêmes, lorsque, faisant usage de notre raison, nous avons accepté les avantages du citoyen.

Nous ne pouvons donc y renoncer sans être parjures et sans nous rendre coupables de dérogation à ce respect, (vrai signe caractéristique des âmes nobles et droites) que l'on doit aux volontés de ses aïeux.

L'amour de la patrie est la première vertu du citoyen, et la source de toutes les autres.

Que l'on se garde de penser que cette force physique que je réclame, soit pour établir seulement une force réelle. La force n'est que l'appui et non le principe du droit; je veux qu'on n'agisse toujours que légitimement. Sauvons notre patrie opprimée, débarrassons-la d'un ennemi qui veut l'anéantir; mais cependant en ne sortant jamais des règles de l'humanité. Souvenons-nous que nos ennemis sont des hommes, qu'il faut les vaincre et non pas les détruire!

Cependant, comme les devoirs sont quelquefois opposés, en sorte que l'on ne peut remplir l'un qu'en abandonnant l'autre; il faut alors les comparer, et préférer le plus favorable à la patrie.

S'il est vrai qu'une nation est toujours assez forte pour reconquérir une liberté qu'on lui aurait ravie, ou pour empêcher qu'on ne la lui ravisse, nous ne devons plus balancer à prendre les armes, et à nous mettre en état de repousser toute servitude, et d'abattre ceux qui ne songent qu'à se faire craindre et à nous abattre nous-mêmes, (pour nous rendre plus soumis) par les fléaux du genre humain. C'est assez qu'un instant ils aient été craints comme ils voulaient l'être ; mais montrons-leur qu'ils ont appris à se faire haïr, détester, et qu'ils ont autant à craindre de nous que nous avons souffert par eux, ou autant qu'ils se proposent de nous faire souffrir.

Les Français ne savent point se laisser vaincre par le malheur. (6) Rien ne peut détruire le secours des dieux ; s'ils nous ont fait parcourir de grands malheurs, c'était pour nous apprendre à ne nous décourager jamais, et s'ils voyaient que nous ne daignerions répondre ni à leurs bienfaits, ni au courage qu'ils voudraient nous inspirer, ils nous abandonneraient à nos ennemis et à la honte, état plus pénible que tous les maux que nous puissions souffrir. La témérité d'ailleurs a été quelquefois une sage politique, et ne fût-elle d'aucun heureux avantage pour nous, elle aura du moins appris aux autres nations que les Français savent préférer une chute éclatante à une paix honteuse. Mais dans nos guerres, sachons mettre l'expérience à profit. Faisons-la, mais que ce ne soit, comme je l'ai déjà dit, que légitimement ; gardons-nous de la faire sous les ordres d'un prince entièrement tourné à la guerre, car il voudra

toujours la faire, mais sans autre but que d'é-
tendre sa domination et sa propre gloire. Il
n'est point d'homme sage qui ne sente combien
il est inutile qu'un prince subjugue d'autres
nations, si ses conquêtes ne tournent à l'avantage et au bonheur de celle qu'il gouverne, et
qui ne préfère celui qui, désirant ramener la
paix, s'efforce encore de rendre à la société les
autres garans de son bonheur, le commerce et
la religion. On ne peut jamais craindre le mal
de celui que ces sentimens animent, qui place
son trône au pied des autels. Près de cet au-
guste boulevart, il n'agit que d'après la divinité
qui l'inspire, et c'est en son nom qu'il désarme
la colère et la haine, qu'il punit l'injustice,
qu'il fléchit ou prévient des barbares. Nouveau
Périclès, il guérit par la protection qu'il accorde
aux arts, les plaies qui ont été faites à ses su-
jets; son gouvernement ne produit que des
bienfaits, il imprime son souvenir sur les plus
beaux titres de la gloire de son siècle; son
peuple l'accueille avec joie, et la protection
qu'il lui accorde, assure le bienfait de l'es-
pèce humaine.

Si mes moyens pouvaient répondre à la di-
gnité du sujet que je voudrais traiter en finis-
sant; je ferais le tableau du double avénement

de Louis-le-Désiré au trône de ses ancêtres. Je rendrais le beau et touchant spectacle d'un peuple subjugué par les bienfaits, la générosité et la clémence envers ceux-là même qui l'ont abandonné; son peuple sourd et immobile sur sa ruine qu'il lui désignait et qu'il voulait du moins honorer en lui survivant. Fût-il loin de sa patrie, le genre humain devint sa famille; il ne put souffrir que personne s'armât pour le venger. Il craignait pour leurs jours (7), n'eût-il plus de trône, il s'en éleva un, par le caractère qu'il montra dans l'adversité qui retentira aux oreilles de tous les siècles, qui sera gravé dans tous les cœurs, et qui l'emportera sans peine sur l'orgueil d'un homme qui n'existera que par le fardeau qu'il sut imposer à l'univers.

FIN.

NOTES.

(1) Encore bien que dans nos mœurs, il soit difficile d'avoir une tranquillité d'âme à celle de Socrate, qui ayant reçu un soufflet se contenta de dire « il est fâcheux de ne savoir quand il faut s'armer d'un casque ». Je serais assez d'avis qu'on tâchat de prendre sur soi cet ascendant qui nous fait plutôt mépriser l'injure, qu'en chercher la vengeance, non que je n'excepte les cas où l'honneur et la raison pourraient en souffrir; mais ce serait montrer à mon avis, une raison bien supérieure que de mettre en pratique la maxime de Cicéron :

Non parebo dolori meo , non iraceundiæ serviam.

Descartes disait : lorsqu'on me fait une injure , je tâche d'élever mon âme si haut, que l'offense ne parvienne pas jusqu'à moi ; au reste, je dirai toujours comme Quintillien ;

Tibi soli severus omnibus indulgeas.

(2) C'est une étrange manie que celle de ces hommes qui se divisent ainsi, et mettent entre eux une barrière que l'intérêt général ne peut jamais franchir.

MIRABEAU.

(3) Les récompenses et les peines forment une branche de la justice bien intéressante pour les gouvernemens. Le cardinal de Richelieu dit : quand on ne se servirait d'autre principe au gouvernement des états que *d'être inflexible pour châtier et religieux à récompenser ,* on ne saurait mal gouverner. Quand même la confiance,

a-t-il dit encore, pourrait souffrir qu'on laissât une action signalée sans récompense et un crime atroce sans châtiment, la raison de l'état ne le pourrait permettre.

Testam. Polit. part. 2. Ch. 6.

Il n'y a peut-être pas de cause plus prochaine du bon ordre ou de la dépravation, des bons ou des mauvais succès, que la juste distribution du prix de la vertu et des châtimens du vice.

On peut dire que les récompenses sont de pure grâce, que tout citoyen est obligé de servir le corps politique dont il est membre ; que le sujet qui occupe une place a contracté l'obligation d'en remplir les devoirs, et que nous nous devons tous à la probité, pour l'amour de nous, pour l'amour de la probité elle-même, et pour celui de la patrie. Mais l'expérience apprend que la récompense est nécessaire, et qu'on doit la distinguer du bienfait. L'une est due à celui qui se distingue ; elle lui est due à cause de l'intérêt public, en ce qu'elle excite l'émulation à le servir ; l'autre est de pure libéralité du prince ; on ne doit pas lui envier la satisfaction de faire du bien à un sujet qu'il favorise, mais s'il a quelque soin de sa réputation (*), ce sujet ne sera pas sans mérite.

(*) La réputation, pour les princes surtout est d'un poids plus important qu'on ne pense communément. Elle agit puissamment sur l'esprit des peuples et dans les conjonctures difficiles ; les projets des plus grands monarques dépendent presque toujours de leurs suffrages. Charles VII ordonna, de sa propre autorité, l'imposition perpétuelle de la taille et personne ne s'y opposa, parce que tout le monde était convaincu que ce secours indispensable maintenait la sûreté publique et que le prince n'en abuserait pas.

Villaret. Hist. de France, tome 16.

(4) L'Histoire des Romains nous apprend ce que peut produire l'émulation qui chez eux était provoquée par les récompenses. Mably dit : « lorsque les Plébéiens
» voulurent partager avec la noblesse l'honneur des ma-
» gistratures, ils travaillèrent à s'en rendre dignes ; et les
» Patriciens cherchaient de leur côté à les en écarter, en
» tâchant de les surpasser toujours par l'éclat des vertus,
» autant que par celui de la naissance. Voilà l'origine
» de cette foule de grands hommes que produisit la Répu-
» blique romaine , et qui établit sa grandeur. »

Parall. des Romains et des Français. tom. 1. p. 42.

(5) *Voyez la Note 2.*

(6) . . . . . . *Animoque supersunt jam prope post animam. . . . . oï*

Sidonius , apollinaris.

E vuol morendo anco parer non vinto.

Mais on sait que toujours ,

Di fera è qui l'esser de l'arme ignudo;
Sol contra il ferro, il nobil ferro adopra
E sdeguo negli inermi essé feroce   TASSO.

(7) *Nihil in vita nisi laudandum aut fecit aut dixit. Velleius paterculus lib. de* Scipione Æmil.

Fin des Notes.

De l'Imp. de CHARLES, rue Dauphine, n° 36.

www.ingramcontent.com/pod-product-compliance
Ingram Content Group UK Ltd.
Pitfield, Milton Keynes, MK11 3LW, UK
UKHW020143080726
13614UKWH00005B/2377